怀春的抱

第37届青春诗会诗丛

《诗刊》社编

康宇辰————

著

长江出版传媒

长江文艺出版社

康宇辰

1991年出生，四川成都人，现任教于某高校。获北京大学中文系博士、硕士、学士学位，在中国现当代文学研究以外从事当代诗写作与批评。作品发表于《诗刊》《钟山》《星星》等刊物。2018年曾获复旦大学光华诗歌奖。

2018—2021 诗选

目　录

序诗：倾向

倾向没把一篇论文写完就冲动于下一篇。
或倾向于没有题目，忍受未塑形知识的长期煎熬。
倾向对着世界挑剔又拥抱，在怨愤之中腾挪
于平衡的体操。倾向于哭了又笑，
还没揩尽泪水就完成了一次自我间离。
倾向于寒冷地判断但是热烈地犯错。
倾向于不完美的诗甚于诗意的不完美，强迫症
倾向于一遍一遍地照镜子，改错字，实践没有人
在乎的风度，并回忆若干年前的措辞失误。
倾向于因过于自爱所以自损，倾向于没有信心
但坚持自我修为的可能，倾向于被世界惊吓的常态。
倾向于怀疑人性的底线和上限都没有弄清。
倾向于失望和失败，但不施行强迫性的生活方法，
倾向于受害而不是迫害，倾向于预先放弃
以避免不美丽的担惊受怕。倾向于空想友谊
多于技艺娴熟的社交，倾向于批判的锋利
多于明哲的缄默。倾向于把人生活成错误集合
但却是不需要后悔的，倾向于豪迈地发愿爱
每一种凹凸不平的人性。倾向于没有及时止损
却让失血的歌喉变美，倾向于穿越人间而没有伴侣，
但一旦希望从理解或误解中升起，就去相信。

辑 一

春夜雪崩

赞美诗

一切消逝的，不过是象征。

——歌德《浮士德》

一个下午，住在博士生公寓的人们
铺开了阳光在弹琴唱歌。但事实上
有一场酝酿于另一个世界的暴风雪
正被鸽群的海关拒绝入境。我知道
当一份命运拒绝被认领，拒绝腾空
飞起，这样决绝的自我宣判，关于
贵重的夭折：也是你我互赠的判决

然而在另外的时候，天赐的一场雪
是那样干净、明亮的啊！冷的冬天
浸湿了我们的坚持，只好泪水驱疫
迷路的人子那样渺小，却关心天地
虽然我放弃你，如放弃入云的雪山
我想我从未放弃纯洁的白色，只是
同样的神，迁入更高更苛求的形体

不是因为内部火焰烧灼，这个星球
才那样疾速地旋转。也不是因为空

唯一的大海，才用所有的江河去填
每一只蝼蚁的生，都比复杂更复杂
简单更简单。当所有红叶迎向大地
那不是秋天在举行八股取士的表演
随着成熟，人同时耗尽亵渎与赞叹

时间是你发明的教育剧，编排给我
最后你自己也消失在里面。严酷的
是人生那唯一的退场后再没有复归
所有谎言枯竭以后就是堂皇的答案
多少年，我们一起创造过多少晦暗
栖居在人类软弱的中央，我们骄傲
总让濒死的残枝嫁接上绚烂的新苗

给自己竖起一个又一个希望，祈祷
没有什么失去，消失的都只是象征
总有上帝的记忆，不负朽坏的肉身
把智慧的果实还给我，把雪的白色
重新安置入巨量的天空，那不竭的
是我们爱这个冷却的世界，它容纳
我们，它让天堂回响着新音和旧闻

诗四首

1

你一定懂得播洒欢乐的魔术
在筵席上我的蒙昧才这样正当
这杯中尽是灯火，是全世界的草木
光明在光明中不怕与阴影相拥

亲爱的先生，你让世界愈合
春天在寒夜里挪动了一个判断
而我不再需要判断，当注定的猎人
来了，是那明媚的将我俘虏

2

那里曾有水仙开满青春的大梦
那里有我的七颗钉子，通红在黑夜
像七盏守候地狱大厅的灯笼
而地狱的尽头，我或许远未抵达

有无数次我自导自演求援的噩梦

玫瑰花只在短暂的悔悟中被衡估
雄辩之时，身体里的小人儿会跳起：
"因为你活该！活该！活该！"

3

我无法面对我的春天没有负疚
我不曾清洁，因为没有清洁
我不曾智慧因为在匆匆搭好的神庙里
一个虚构的神无能把箴言向我颁发

如果我不相信你，我的教养会给我颁奖
可如果我不相信，世界还剩什么？
因为这么些年它一直很少是可爱的
我也很少扮演少女，按习俗温柔或甜蜜

4

为了不落入一个陈旧的比喻，我也寻找
一个让我抵达你的词。但仿佛我的爱
就是那个窠臼，千百年来被无数次重复
在人类的窠臼里，是我们这样的相遇

我不说你是我的生命所唯一礼赞过的
然而亲爱的先生，这光芒耀眼而愈新

眩惑我的盲目与理智的都是你今日的存在

而面对人的所有沟壑，我交出我的心

山远水长

或许你并不知道，在冬日冰封的
水下，仍有河流呼应着河流
在我们的语言大树飘零以后
仍有那些雄浑的器皿，即使破弃
也不曾消失。山的横陈、水的
婉曲，是两道菜端上永恒的餐桌
而我血中的海水，和你一样是咸
我有过太阳般耀眼的瞬间，只因
在太阳正中有你的冰万古含愁
我攥紧每一个日子只因你是燃料
而坦白的是我的不安，被催动
爱使我们丰富而不稳，只有小贩
贩卖微笑的胡萝卜，因而知道血泪
的蒸腾，如何花一年冷凝成地果
我们看到的，都呼应看不到的
一条低洼的、富饶而危险的尼罗河
成了大地的神启。季候轮转
那送不走的人生的浑浊，就归为
宇宙的元素，构成你也构成我

理　由

他的生活像迁徙的鸟，一个社会学家无法采集
他已拥有天空，却入伙烂尾的大地
间或写下一个词，给我温暖的冰

是什么让我说了又说，写了又写，绝望于
一生也无法穷尽这汉族的语言
只为了定格他的存在

最幽暗的河，点亮我们共同的视力
树洞不足以忏悔，宇宙的罐子
容纳促使人际关联的酶

他拔下插头，地狱里灯火通明
而如果这些都还不够，那么他的缺席本身
同样构成我挚爱的理由

画　眉

每次对镜施朱
总会看自己的眉毛
没有描过的。虽然母亲是说
眉毛很好，可以不用

再有人工。所以你只是直愣愣
抹粉底，涂口红，仿佛一种信仰
需要用雕凿来成型
用镜子装满春天，呈给

另一个人。我改变太多
年年只觉得从前难为情的红色
仿佛门票上盖了红戳
不甚熟练，但亦可通过美的海关

并由此展望未来：未来汪洋。
在秋天出门时，甚至走入策兰的巴黎
成府路密不透风的高楼间
有没有一只画眉，衔走绰约的火焰

例外的人

1

你是我的弱点。
你是我心里无时不在嚎啕的
那一大群饥饿的孩子，
背对有限的冬天。

开始是美丽的句子，像星星
无法被痴迷的醉汉摘下。
那些偏执狂的命运，
也想把深情处藏得曲折。

没有云朵的天空真蓝，
失去一切的人最勇敢。
看这座容留众生的大城，
怎样面对星球光的划伤？

那些伟大的、豪迈的
繁花般转瞬即逝的奇迹，
正在书页间激动着年轻。

雾霾之上，群星朗照先人。

2

你属于生命中灿烂的例外。
我能够爱和承受的不多，
在爱恨的事故中戒备，
异乡人惯于光荣的厄运。

可是我，还把所有的期待、
所有的任性，都倾倒给你。
教我、向我证明：善是什么？
穿越人性复杂的冒犯。

一点点温情、一点点试探
的迟疑，在这个天蓝的夜晚，
柴火越积越高，唱出了我们
心中的火焰：是共生之火。

你是否感到幸福并祈祷幸福？
冬日临门，银杏树的积蓄
在我们共同的那片园中铺尽。
一种辉煌的理解，种在了心里。

3

例外的人有例外的命运。
这里是一个女人在沙上凿刻自己，
做不到的一切构成人生的丰富，
可你来了，成为道路。

不要对魔鬼使用你的晴好，
不要在词典里朗诵一首诗，
不要在众人前失掉那秘密的名字，
道路每次分叉，我们更加孤独。

是命运导演了这个冬季，
晚于大雪和永恒，你的降临。
我不再沦为神明心中奔腾的马匹，
阅历之苦，让我温柔忏悔一次。

我的朋友，我的路人，我例外的人：
因为一场单调的悲剧曾选择了我。
然而用一生，用生命的燃烧的酒，
我们是例外，彼此磋商，互相认证。

也　许

也许我们做过的好梦都会醒来，
山峦不曾动过，城市秩序井然。
也许我们搬不动前路最小的石头，
人生总有那种为高亢买单的时候。

我走在落日大道，我也想画下：
我们的天是晴朗的天。冬天里
除非发明一座房屋，心上人彼此
都没有去处。也许蓝天洗净，

也许阳光温存，温存如我想象
能替你拂去眼中的灰尘和阴翳。
世界已经上了发条、上了闹钟，
那造物的白昼，我们必然服从。

也许温柔的不过是心灵的债务，
也许我们书写仅仅诓住了自己。
在变迁风光中让人迷路的年龄，
你是云彩变幻，成为风雨如晦。

春之祭

给我黎明如给我灾难，
给我无知无觉的睡。
滔滔不绝的是他的形象，
拆毁梦境的藩篱，
逼我就范。

你已经不是一个人间的人，
你多于我全部缴械的幻觉，
诗歌的流动如冰释的泪水，
我不能缺少，我真的缺少，
人子的行囊里装满受难。

当无翼的春光降临时分，
我采给你人间第一滴露水，
我能求助于谁？倾听
来自高处的声息，
人间这样不足以容留。

除非是健美的羚羊轻捷地跳脱，
除非尘土被它们前世的高贵惊醒，
大地啊大地，我胡诌了债务，

我找天风为我作证，
我还不想死，活着就是可能。

可能把微末的凡尘唤醒，
我们愚蠢，在你天父面前，
我们要了天空又要大地，
可这样的玩具，只让你怜悯
我们损毁星球而乐此不疲。

我懂得，那残酷的已教我成熟。
我的诗篇只成立于一人，
或者他来否决，我来吞咽长夜，
我如向阳的花朵向着人之爱，
我听不见神明慈悲而憾笑。

但你为我打开了窗户：
来！看看这生活的世界！
如果繁华和冷酷还不足以救你，
如果那每日的死没有加在你心上，
你，我判决你是春天滋生的细菌。

在黑暗的心房中，有什么重量
在静静地腐烂了。皎若云间月，
皑如山上雪。我美丽的纪念
不足以救赎人生的真相。

如果必死，请你轻轻又轻轻。

在心神的瀑布里流过了一天的精义。
流过了爱和恨，悔恨和迟到的高尚。
还有爱的永动机，赞美着不可能，
用赞美诗做了微薄的证物。
世界劈开，晚梦混乱了阴与阳。

忧患啊，地狱里探出的花枝
我也将教会她解语而倾城么？
可是我的负伤是那样的晦涩，
千百次生的捶打履行了判决书，
黑色秘密安顿，诗行负伤微笑。

人间对峙

最是人间留不住，朱颜辞镜花辞树。
——王国维

1

夜空广大而轰鸣，一朵花
有四月的憔悴。为那些爱者
在长河中独特的卑微，我已
不能听闻，我也不能安睡。

那位先生呢？人生的标点
戳在黑色判断句的末尾，
可是一种转机？你，我的幸运，
你在雪崩的春夜还不够空洞。

我爱你寒冷而刺心的无人区，
我原谅你是一个大恶作剧，
害我耗竭了一生的热情。
如果有一天，我冷凝

成青铜的骑士，高高地立起，
你可会认得这是一个爱者？
在爱中，我们失去记忆，
我们不断背叛，直到地平线

在我们的狂热里不再真实。
我什么也不曾捕获，那美丽的
作茧自缚，配得上最高挽歌，
为春天，朱颜辞镜的速度。

2

是怎样的风暴让我毁于一旦？
夜风不会回答，燕园的夜间工地
更不会回答，你该退回到普罗，
保持对远方人间无穷的怜悯。

可我的狂热不曾允许，忏悔
不适用于此刻的我，我挖出人心
而并不后悔，我对命运以牙还牙，
我若毁灭，就不要等命运尽头。

因为有多少爱，就有多少心灵之债，
有多少告别，就有多少永别。
面对无法挽留的事物。你深情过，

我也一样，我知道诗歌烧坏了生活。

先生，你要原谅我，或者消灭我。
我的热情要怎么熄灭？我坦白
我的心里，那忏悔和盲目的消耗，
让我不配拥有更轻巧的命运。

爱不是一次辩证法找它的合题，
如果你否决，请审判春天的野蛮。
生命的枝丫总会刺痛地试探，我们
却更像对峙的星球，哑默于人寰。

落日典礼

多少年前，我就来到这里，
四月使我苍白，五月拒绝夜幕，
在黄昏，一场宇宙失血的典礼
又给了青年人咏叹的契机。

那些歌唱，无非是我的所爱
在山腰，想去寻他山太高。
那些上帝打出的好牌，奇妙处
无非是人间荷尔蒙的共同体。

可是真好，看伟大的无意义
日日搬演。彼岸码头也吞吐着
一个游子的京华梦，从杜甫
的长安风尘，到乱世，到天下

被说进一本狂人日记。我站在
天空平安的伤口尽头，全部
的汉字都为你悲伤。黑夜滚落，
我看到一种残疾，使人卓越。

还有多少时间？是否还有一生

或者一年？两年？背着沙漏
奇迹家向往星球与星球的撞毁，
天文学基地，每夜看神魔之战。

天文学基地，就在我的枕上，
在我窗前。把你放进一座荒塔，
把你变成秘密，放钥匙飞走，
无人知我看高处，就看到了你。

鲁滨逊的清晨

清晨，世界向我们摊牌了。
一把枪，一个军绿水壶，一个罗盘，
还有什么？哦对了我们听见
还有一簇簇的激动，共振了海涛。

我觉得我很年轻，你更年轻，
我把你刻在徽章上，我佩戴你
像佩戴刹那的信任、振奋的觉悟。
世界很小，小到装进我的视力。

一个老者在诊断人类，他把病况
向着上帝汇报。谁能诊断鲁滨逊呢？
鲁滨逊唱歌时对跖点会长出一个海子，
在珍贵的人间，谁能诊断海子呢？

那个鲁滨逊就是此刻的我，
平安、健康、渴望难度的生活。
这会儿他在料理麦地和葡萄园呢，
这会儿他放下圣经，圣经是你。

祈　祷

我亲爱的恋人，世界是巨大的教堂，
这一刻，所有人都受到保佑，
这一刻天空由明灭的烛火构成。

一棵秋树在天穹下流尽泪水，
我尚不知道它的姓名。伟大的夜晚，
一生很少几次真看到热烈的秋天在燃。

不同的秋天，有时候我和上帝
一起在天顶上哭那些裂纹。多美的
生命的圆，如果没有那些裂纹。

强迫症的花园里月光正好，你正好，
我梦中的你在天空高处布道，
几乎和星星一样高，和世上的愿望

一样高。多少人抬头看天而我
抬头想看看你，想看幸福的可能性
尚未摧毁，而且是新鲜地阵痛的。

在这巨大的教堂里，我亲爱的恋人、

眼中满是星辰的恋人，一生很少几次

我点燃你，请你做今夜天堂的灯。

辑 二

候鸟问题

海上纪游
——为复旦诗歌之行而作

火车驶向南方。车里有婴儿牙牙学语
窗外的田野吃饱了太阳。这时候
是世界暂时和解的时候，是友谊被信任
的时候。你说，你去接受意义的认证
把北京收起，"亲爱的先生，暂时小别。"

他们说，你的嗓音充满北方的氛围
你想摘下过客的面具，不幸在里面的
是又一个过客。那群唱起国际歌的
敲击酒瓶伴奏的，是新鲜出炉的九零后
作为东道主，他们的周到无可挑剔

你的诗歌发动机，曾把持续的代际失望
当汽油。但人生充满甜美的破绽
像春天充满不得不开的花。"我为什么
不能无畏得像个诗人？"逃世综合征
把你赶入围城，你还想保存他如一扇窗

孤独的时候，你也问自己：习惯了告别
你还敢把他不断雕入心灵的殿堂？陈设

的深情处，是上海人听了个京城笑话
南腔北调的，但人生的裂隙却并不是浮夸
"亲爱的先生，在海上梨园我捡到你的影子"

他们喝酒，然后热烈地失眠，又热烈地做梦
你发作的偏头痛让你思考抒情的作风建设
摘掉了冯至，摘掉了穆旦，你可是洋葱的芯？
"但我的痛苦绝未经转手。"你适时闭嘴
其实在江西的大雪中，人同此心心同此理

八月风光

1

用一个比喻锁住一个人
大海生长，天空倒退
你的手擦亮雪山的王冠

一个人在天堂等他的外卖
夏天使另一个人消化不良
一个人，打开天窗忏悔

那唱起了国际歌的金嗓子
声音在八月里沙哑。是谁
创造了人类文明？是谁

雪山的王冠、便携式远方
和虚构的加冕。劳动群众
真在书写里掀翻过旧世界

2

我就要走了，暂时小别
虽然我也是那样的骄傲
被锁定在比喻里，被筛选

并反复验证于天国的病历
一只鸟，在八月歌尽流水
一地花花草草有人眷恋

这个夏天，学院的流水线
才透支过我智力的生产
上飞机的我，一个幽闭

恐惧症患者，北四环过客
海淀区体面的待业证，属于
一群才光荣失败的九零后

3

被浪费的今天，吃了安眠药
一睡穿地板就睡到了明天
吴刚伐桂，是明皇是贵妃

种过牡丹？他说有一条大河
波浪宽。河底的人格博物馆
需要新一代临时工，鬼斧神工

好在年底闭馆。那些样本们
坐在地铁上，像一排排摆在
石窟里，都是谁的心上人？

而我就要回家，搬进公寓
做回蹩脚的卡夫卡，明月小楼
断鸿声里，一颗红豆长成高山

我的新吟游

飞机降落，我
头戴北国秋光的面具
出现在这里。故乡致辞：
"成都欢迎你。"

可以省略的都从阴天掐灭
途经孤独的天府广场，我的放弃
从晚高峰的地铁站开始
——拒绝了，城市繁荣的肌理与深心

只记得行行重行行的
我路过的地方曾邮筒寂寞
我打开电脑寻找 WLAN
通宵写字，关乎诗与生活的误会

但还是疲倦了，从一张旧书桌
换到另一张，新瓶厌恶旧酒，这合情合理
只有我被迁徙的候鸟蛊惑
以为可以重建生活

或至少，暂时躲避旧生活

其实这么多年，我的心一直拒绝扎根
因为没有土壤，所以放弃了水分
终于活得像一份脱水蔬菜

感情的木乃伊渴望你的好言好语
甚至为此作天作地，生活的残渣
甚嚣尘上。这漂泊旅人
吟游诗与英雄格蹩脚的护卫者

在城市的垃圾桶里翻检什么？
你写下的诗歌，也会被这座城市判为恶德
不要用你私生活的绝望
来为我们的繁荣与享乐点题

"成都欢迎你"，这两周我在这里购物
理发，问诊，煎药，陷入逸乐的沼泽
也扮演了巨婴。让我走吧，北京也忠告：
"未老莫还乡，还乡须断肠"

其实生活中肝肠绞痛的事情
还有很多。我在阴雨的秋窗写字
想象两年以后首都开出的罚单
罚我飞过雪山，煤桶空空

北京的生活

下午天蓝蓝的，春秋错乱，
晚期学生莫名其妙喜庆起来。
梁生宝买稻种，曾经春雨蒙蒙，
世界有集体主义初期的轻快蓬勃。

现在穴居人好久没有逛街，
橱窗里多少的人工，多少女人
的美，你记不起来那些花花世界。
要修身齐家，靠家庭的信用卡？

东单西单，建国门大街，王府井
有供中产消费与自证的百货厅。
一个杜拉拉升上去了，下面悄悄
望着，多少争求而黯淡的眼睛。

在北京，朝阳和海淀是不一样的。
虽鸡犬相闻，掘地三尺还会有地铁。
据说海淀青年是无产者中最体面的，
除非他们放大招，空手套了白狼去。

在自唱自醒的燕园，我梦不到

多少人间的艰难。我的家人不穷，
我的故乡蒸蒸日上，我毕业后
会有博士学位，总感觉我哪有错。

左派立身原则：永远同情弱者。
鲁迅很伟大，道义集成小小的书。
我努力问过自己更多的责任是什么，
作为后果，对现世有那么多看不惯。

看不惯了就自行入睡，文学成疾？
这世上总有套路，总有重复的不幸
我看不惯。布尔乔亚让人焦虑又安心，
你也想选择，一不留神就落了窠臼。

和解的时刻

1. 冬草坪

在冬天的黄色草坡上，远方人忍住了
略为复杂的咏叹心。她的母亲还陪着她，
像她的童年还赖着不散，薄薄的安全感
是多么醉人的事情，人生的落地生根

要选择哪一片草地？碧海青天夜夜心
是古诗里的旧故事，向家庭索要巨额学费
的老孩子不懂事，难道要出国就医？
亲戚妯娌的事情难过微积分，我亲爱的家

亲爱的父亲母亲，此刻我庆幸我还算懂事，
宜家宜室地这么过下去，在中国的大地上
让你们轻松。可你们不轻松，责任担太久
就难于放手。啊，我亲爱的父亲母亲！

我去温暖的会议室接受选择，学术生命
也希望过在此地续命。四川这样瞌睡、安神
贴肤贴体的润泽，让我更想念北京的某一人。

看到今天的我，抗冻、抗压、抗摔摔打打，

难道就是成都送出川外的那个病孩子？
啊，矫情一点，可以流下个人兴废之泪，
倔强一些，就去一所机关实践艺术上位？
或者，温和派，弹入大学轨道练心性修为？

冬天的草坪还黄黄的，面试的时间还差
半个钟头，父母之爱子则为之计深远，
这些年我们因果福祸的也这么过来了，
谁不想长大，在冬草坪上直起草的脊梁？

2. 明灭的灯烛

人生是个大题目，简明当学优衣库。
北清人才可以来此地，有高新区户口了，
摇号买房就不远了，你的年薪不低了，
在成都也算中产阶级了。生活啊生活，

多希望你永远那么条理清楚。我争辩
练就的语言功，突然就才华无法施展了。
然而你是我的家，我的魂，要看你飞花
飞满城。世间情为何物？不过一人份孤独。

我有时候踏踏实实地劳动并且感到，

我的生活会一点点建筑起来，那笔立的
石头林，内部有多么顽强而用力的玲珑心。
十分冷淡，一曲微茫，人生的苍凉境界

属于每一个落花人吗？成都更相信麻辣烫。
京城风光好，风光旧曾谙，日出日落的
校园和故事们，就要被永远地埋没么？
唯恐你明灭如灯烛，我为你记下流水账。

秋光里

到满眼秋光的城市找一个地方，
愉快的地方，闭上眼就能忘记生平的
地方。女孩们在星巴克里聊闲天，
说到华西医院的产护女生介绍给谁，
你略略了解成都种种鄙视链顶端。

一个新老师，有生活的决绝与热，
有九十年代生人的盛年元气，她在
芙蓉树的花枝下构思一些断舍离。
人间的草木都有自己的时候，我却飘
荡在宇宙的浓荫下，演了四大皆空。

到满眼秋光的宇宙找一个地方，
美丽的永恒的地方，去履行人生的
经营。然而她惊起，回头，纵使有恨
也是不适宜倾吐的。人潮在地铁站
涌上来时，她只沉底做了愁绪的盈余。

当代啊

十多年前，成都还没有这么多交通网，
乘公交上学放学的小姐妹还没翻脸，
太阳也自信些，尚不需要他们的表扬。
出了校门，红领巾收起来以后，
大街上奶茶店和漫画店都是他们的。

后来他们纷纷恋爱，结婚或结不到婚，
当代的交通网运输一些凉薄的命运。
她去北京，去上海，一切都匆匆的
像洗牌和发牌。她没说自己不甘心
任何一种没有光的生活，踩在当代的

独木桥上。沙漠在地球上悄悄移动，
扩张，沙丘塞满了人的心，先于
尖锐的痛觉，也埋葬了脏兮兮的失败。
该有孩子吗？她想起没有孩子便没人
供一碗饭的名句，自信力余额不足。

但她还在这犬牙的甬道里反反复复，
和一些人知会，游乐，较量。PUA
是多么癌变的当代故事，缺钱的人

就拿爱去抵扣了吧。其余的人们
被剥削完就成为岩层里的油气田吗？

认准了一种轻飘飘的命运也没有错，
看到同代人被二胎三胎和房子压弯
的脊梁，她庆幸轮到自己的责任
还不够多，还可以熬夜到逸兴遄飞
去写那些排列组合着爆破的诗和文章。

这个世界上有什么归宿是一劳永逸？
每个人在还来不及解决自己的问题前
就老去，就糊里糊涂地面对未来，
越发逼仄的未来啊。不在当代捞一把
是对不起自己的存在吗？所以甘心

背一套房之贷，仗剑走不远天涯。
但人与人相爱还是多么甜的事情，
她也想到那些负担让人真的像活过
一样的劳顿、充满，可以做人类史
痴心的梦，健不健康说给旁人去想。

我的游仙

上了一点年纪，
她开始独自吐纳一些事情。
星期天下午的天空有一点脱缰，
云朵不事上班和社交，也并不从事
一些迫害和被害的人性课题。
咖啡接着咖啡仿佛醉氧，
在青藏高原东北，她有一点舒适。

从天空的裂隙中招来黑色的
鸟群。人类灵魂有慵懒的曲线美，
但也有良性肿瘤，比新冠
还要无害一些的，她已能够接受。
白天放出门去的小英雄们此日
都有哪些斩获呢？黑夜之前
回到烛火温柔的母亲的家。

在城市的时代之前，这盆地
也住着迷人的老神仙。他们下来
游历人间，举手长谢世上的人，
然后驾白鹤飞天而去。中国的神仙
喜欢生存于那些冰和玉的骨骼。

王子晋还吹箫管作凤凰鸣吗？
这出尘的记载不能解答
我人生真切的困境。只好下降

随了白蛇青蛇，随了这世上种种
好看难看的画皮，去实践美。
你说那好看的皮相可是救赎的吗？
我这么渺小，只能够从小河里
捧起一朵睡莲来作同伴。
只够让日子迎娶一位河神的女儿，
是美丽，是风尘，是精通了
尘寰的色香味。我们将会爱和生，
蓬莱乡远远栖止在我们身后。

北　方

他们的看法都是对的，
因为都是真的。他们的聚合
是广大的森林，藏着幽暗的心。

她觉得离那个山美水美的乌托邦
已经好远了。写诗的姐姐
教她得体地去写，那些富饶的矿
属于他人的，都是她的核供能。

她有一个朋友在北方，教会她
数不清的桥和路。他的万能
让她无能，但她不想是辉煌的旁注。
她在成都小心地开花，开锁，开大小会，
一个卞之琳忍受过的亏空是
多么丰富。在蜀地她尝试重新选择，
排布，倾听那些文化心灵以外的调子
却总有无法搬动的怅惘能量。

昨天，一个学术拒稿辉耀了时代，
她想变成没有用的人。她想人要活着
需要的土地并不多，但是，

但是，她更想在辉煌的夏天找回所有失去。
那些强大的诗人是可能的吗？每个人含着
自己的故事，故事里的伤口和灰烬
但终于学会了潇洒和一挥手。她想站在
和他们并排的地方，站成石头森林
但是记得，还有一个朋友在北方，
她回望，要梳理一条回家路。

辑 三

脆弱之税

中年预感

我可能已经走出雾腾腾的年龄，
可雾里看花，仍是一种习惯，
伦理学向着美学夺权，主宰的
学术理性，打扫世界的门庭。

傍晚接着喝咖啡，接着激情岁月
在一本本书里迷路。美好生活
从忘记穆旦开始，博士宿舍戒酒
而且养生，扶持寒夜萧瑟的胜利。

在雾霾的更远处，你看到了什么？
我曾是水仙的侍从，月亮把我的心
三倍地放大。我曾有虚构的翅膀，
钟情于那些树荫和寂寞的埋葬。

哀和乐，越积越多以后都很平庸。
工作和爱，爱和那许多往日恩仇
清零了吗？失散了吗？我渺小地
回到了工作，被耗尽或者拯救。

"今后的日子我也要多用功啊！"

话可能是对着喜鹊说的。鸟的时间
是否因接近天空而更坚牢？我是
蓝天剩下的，走入城市的脉络。

其实对于他人，我懂得的很少，
只在倒地铁回住处的时候匆匆地
问候过北京人。从人间烟火取暖，
用于生活的老工具，是浑浊理性。

有限的遗憾

谁能猜到一只仙鹤的白内障？
谁又能以一场人力可及的手术
终止余生难以预估的阴影？
啊，大路漫长，下结论的时候
还要深思熟虑。这三月的湖水
并不只属于儿女成行的鸳鸯，
我们生活的方法论都尚待讨论，
关乎春天的常见病，一副药方
如果不行，那就两副。

在诊室听胖乎乎的白衣天使
向我的睡眠布道。我安慰自己：
没关系，那只是安眠药成精了。
京蓉两地往来的飞机，不舍昼夜
带来更多廉价乡愁，抵消了困
和困顿的拒信。百无一用书生，
点灯熬夜早春，轻易感动了自己，
像一棵橡树被女诗人布道了爱情：
"我能否把你比作夏天？"

但夏天只是春天更严酷的替补。

机械复制时代的爱与孤独啊，
很快将让全世界写出同样的诗。
我累了，真的，塞满我胃口的
都是声称要并肩而立的木棉，
套路走多了，就踩出人类的死路。
在大路分叉处，我还有遗憾
正鼓瑟吹笙：楼上尼采酒醉，
楼下为脆弱收税。

局内人

多想在小饭馆和你就着酒神聊，
一拍大腿讲我又写了多少得意诗篇，
地球自转十二小时，这庸人舞台
怎么能把坏的一夜之间都拿走。

但我是坐在高贵的百讲，买学生票
看一队美声歌唱家轮番倾吐衷肠。
他们姹紫又嫣红，扮情种争风吃醋时
有官家移栽自意大利的风情万种。

我突然就想起了那些明代拍案惊奇，
古代文学教养一声叮铃，蒋兴哥
重会珍珠衫的故事你还听不听？
那些世俗生活俗到高处成为神奇。

一天十小时学问，一天四千字成品，
小霸王码字机渴望血淋淋的生活。
我看着那些美女月份牌感到活着，
温柔恰似哈德门香烟的回甜生津。

但学问即正义，这不是一句高调，

有学问的傻瓜有人爱，那其余的
思想略为复杂，预感到残羹冷炙
的社会相，还有婚恋微积分要解。

我是不傻不坏的大多数，彻夜聊天
一学期也就一两次，所以真金友谊
看得比论文贵重。那女生隐私话题
能有人讲，生活的旯旯我悲欣交集。

文艺青年男女，都觉加缪帅得正义，
你数数你的豆瓣或朋友圈，有多少
大好青年顶着这张头像，加缪啊加缪，
对他人的生活，你多么重在参与。

十年间

很多年前，很多年前，你在北京
的路灯下找影子。就你一个人，
就这一间禁闭室。多少年了
首都欣欣向荣举满奖牌，你要
以一个囚徒走到光明地吗？掏出
自由恋爱、学位证、京蓉航线
和一张认证书，你可有怪人风评？

很多年了，颐和园路怎么能走空？
那些破产又后继的餐饮业，那些
孤独涮羊肉的人，在室内顾左右
的日子你喜欢吗？你在哪里？
他们必然谈论 KPI，你的论文
通约于美好生活吗？更高明吗？
朋友们来去，经历成人和成家。

我过得小心，不敢向你们讲心事。
梦里踢踢踏踏的影子们还会
结对奔向幸福去，爱的号码牌
究竟有多难呢？你告别本科、
硕士、博士，学术青年筛到一起

却各怀了心事，不找人倾诉吗？
哗啦啦的浪费，孤独了大河湾。

恐惧是另一种力量，是那样一种
不可服用的健康，我学会眼巴巴。
从天真到经验之歌，从为诗一辩
到为新我站台，心内的噬咬
怎么这么痛、这么必然？朋友，
我怎么坦白，怎么学会了不在乎，
朋友，天堂可也有栖遑的诊断？

回到书桌你要正心诚意，克制
自白的愿望，在史料里走远路，
在道理中学挑拣。你有时也高兴
现在人不问了，不问了，寒风们
在悄悄耳语，心的大门本属虚构，
一面墙，就可以在这里享有成年？
晦暗故事谁来说？正值世界夜半。

人 潮
—— 为和母亲散步而作

今天是周日，她们上街买咖啡，
购物广场里人很多，进出地铁口的
人还要多。人们在咖啡店等座位，
手里捧着那些代表精力的褐色饮料。

她们是幸福的自己的主人，至少此刻
不需证伪这样的幻觉，她们的烦恼
都太小，不足以让宇宙为之天阴，
她们在人潮里却不认识任何别的人。

据说都市现代性的常态就是这样的，
但她们爱对方，像真正的姐妹一样
商量女人之间的各种琐事。十年，
这座长生不老的城，青春到愁人眼、

惑人心。就仿佛我们会像这街景一样
永远地存在下去。我和你走在 CBD，
有一秒我真想和你说起北方的秋天，
图书馆出来是白杨萧萧，知识分子

带有古意的、学府庄严的、一生
来不及攀登与雕凿的人格乌托邦。
这一切在烧仙草店门前是多么幻觉，
我们一起忧愁仿佛一种隐隐作痛

的牢固契约，兑换不成通货里的小钱，
这让我们贫穷。但是我不喜欢自负
于自己伤口的那种人，我只是体会
一个来自魏晋的野百合花园装满记忆

和骸骨，我后半生的城市却如此人间。
其实蜀地的蛮劲也是健康的，但花花
世界的女人们别有所经历、所欣悦、
所痛心。你要涉过人潮找到一个家园，

它大约也小小的，装满风尘和烟火，
我们不能不一起爱下去，在人潮里找
一个个健全的时刻，共同体终究是
不能太大的，为了我们真正相知过。

褶子与幸福

今天的天空温和晴明，
山谷的风吹过那些超旷的心。
但这里是成都平原，油菜花灿烂，
地下埋设错综的人脉和汉简。
太阳晒过了礼义的正面，而地层的
褶子里，人心的吐露总是悄悄的。
这些年我已习惯那些筵席，
仿佛一个人用榫子敲打了木石三十年或更久，
该拼合的都已找到了门路，人们的
房屋成了。那可能是一个长辈，
相信 996 有善良的隐情，而另一个
告诉我，她还是认为个人奋斗繁荣了日子们。
今年看起来，她们似乎纷纷更成功了，
更可以在过年的时候摆出好酒好菜
也是在论证她们的斩获。

幸福的年味儿连新冠肺炎也不能一票否决，
吃饭的时候在老人家面前，儿女是
孝顺而体面，体面本身就是一种孝顺。
我思绪澎湃的时候也想要加入这些人：
"我盛年、燃烧，有寻找而不计代价的心。"

然而每一次自我确认也都是否决的钢丝，
我知道。电子青春在屏幕上铺开来
如同温暖的水在大地上找缝隙
那么困倦而安乐。下午四点亲戚来电，
外婆昨天着凉，刚送发热门诊，家人随即想到
外公现在已不能自己做饭了。明天、后天，
将有更多的亲戚和火红的日子要联络
和更多隐藏的倾吐吗？女主人出门买汤圆飨客，
匆匆吃面，再开车去照看老人们。
其实她们的福报理论或许有错，但她们
都是浑身褶子的灵魂，拎起来看时
还是栖身无可争议的幸福之家。

自由的时刻

在中国的春天，在花朵集体开放的
中国的春天，白色鹅群摇摆过泥泞的小路。
油菜花繁荣而孤独，倒春寒和雨水
凉透季候的布置。多么秩序井然的一天，
大街摆开，就是一盘困难的棋。

在甜蜜的雨后空气中，我想起那些笑语，
他曾一次次地来临，像一些意外的节日
从人际的风俗中不断兑换。成都的
翻滚的灰云，也是衬托出灯笼串的红，
那些小小的灯盏，让我们不会走丢。

在上班的时候，我路过郊区的年轮，
市场站的拥挤、热闹，混乱的鲜货们
是多少人严肃的营生。这十年城市的经营
日益复杂，从前事事困惑的女中学生
终于长成了自由的人，虽然那些困难的

人间事务，在她的表情里画下道道纹路
像在赞美着岁月的丰富。从前年稚时
是说得过多了，而现在的结业只来自信任。

在我的身后永远竖着那面温存的镜子，
理解的形象，让我有勇气践行自创的道路。

人间有如此流变的风光，在其中挑选
各自命运的人们，聚合起来就是人类的
智慧吗？我站在窗前看花开成一树的谜题
是生命尊严的悄悄倾吐。我从未理解过
全部，但已学会敬畏人们各自面对的洪水。

玫瑰刺

还没学会残忍，他们的句子
饱含汁水，多情得不成样子。
代代单传的才华分子，骄傲
而且自闭，都相信拼心地美
在构造的行间距。上帝造物

物又造上帝，物还是那个物，
但上帝二手了。睁眼看世界
正好，可以同情他们的生计，
渎神的人总是心疼神，总是
过分，才华像污染一样光明。

昨天我们在小河边，论鲁迅
为什么是最痛苦，今天天阴
配人走茶凉的研讨会，悄悄
是离别的笙箫，格斗派年华
看我们错用又错爱。人类啊！

那么多颠倒妄想，那么多次
谋求和失败，那么多陷溺里
要论光明心的长短。她看着

她爱的、她恨的那些玫瑰刺，
独木桥谁不是英雄的泪满襟。

怀　抱

怀抱一些蓝花楹和午睡的燠热。
怀抱六月初，一朵浓云轻轻的呼噜。
怀抱，母亲的树荫和河流的托举。
怀抱不再之时，就把世界的酒杯倾倒。

怀抱那些核垃圾胜过人性的垃圾。
怀抱垃圾，像在第六病房赞美过生存。
怀抱忍耐，那就须怀抱无穷无尽的忍耐。
怀抱爱，困难的日子不得透露一个奇迹。

怀抱异乡而不向他人诉说。
怀抱诉说，但面向那喀索斯的镜子。
怀抱镜子幽居而在白热的烧灼中幸存。
怀抱是罪恶，人类温情脉脉的制度。

甚至怀抱大海怀抱宇宙怀抱平行宇宙。
直到怀抱镂空，形式美丽而多么无用。
怀抱那个悄悄谛听的心跳，小心地，
心的艰难，还怀抱以肉身，再俯瞰丘壑。

往返双流的路上

滴滴快车往西南开，上去
是节假前夜拥堵的绕城高速。
司机的口音你听不太出来，
他的话多，多不过散漫的霞之爱。

内心发汗又作寒，捧着手机的熄灭
像捧着前半生的诊断书，已知
结果尚可，疏通自我，但多年前
捧着一份美病历的心酸热

现在也还成历史遗留的真问题。
你想起卡夫卡，你想举一个例子
表达失败的灵魂之高贵。但在屋里
还打伞遮阳的，都非果决的大将军。

或许多年前的账单今夜会凌空飞行，
再被闲人超度而来。人啊人，爱
是不能忘记的，司机往窗外一指：
那乡下小路上车连车满地看春花，

看彩虹，也有美人看花垂泪的闲情？

愿布尔乔亚抒情埋葬一个旧世界，
再遗失一个新世界，愿你的莽汉笔
今夜就开始构思起草，那些文章们

雄辩的新苗。可你终于怯场，逡巡，
餐而复返，家人们都在了。后座上
哭泣的人总有哭泣的可耻处，仿佛
向如风往事解释了隐曲，也互相

获得了拿捏过的和平，真的真假的假。
某天开始你不再相信人性，但难道有
方案 B 吗？你再扮好学生，有堂皇
堂皇的歧途路，喝彩的喝不进人心。

但美丽的春天就要过去，你雄辩，
失声，只依傍一首诗的真，看舍勒
讲基督之爱，终于醉倒，开出百花
也有百花的怕与爱，装饰深的胸怀。

辑 四

青年不怕

自白派成人记

夏夜如期而至，
人们只想找一条路走到黑，
可真难啊，他们找得头绪纷纷。

在诗歌学院里，海子大哥会颁给你
一张到此一游的肄业证。可自白派
呶呶不休，远远没有满足。

"你不是我，怎么知道我的孤独？"
我不是你，可我知道归根结底
所有人只是同一个人。

又是海子，在人生的节点
设置了关卡抽税。昌平如此孤独，
昌平显而易见，我从未去过昌平。

可我还知道几个屌丝的内心戏，
几个郁达夫匆匆地跑向毕业，
长者觉得他们新鲜、可爱又可亲。

挥一挥衣袖吧，这世上我们不懂的

还是占绝对多数。不要在夜路里徘徊，
不要和 AI 比智力，修身齐家平天下

前提得有身家啊。自白派抒起情来
其实自己也是难为情的。我
还是从前那个诗歌差等生吗？

结结巴巴扮演屈原，正义的怒火
大过世界的耐受力；孤独大过爱情。
可爱情，是哪一位诗人的劈山斧？

我啊，其实我等着海子人到中年，
我等着凛冬以前，花好月圆片刻，
镜中风景缄默，让老干部品枸杞。

招聘会

去珠海吧，那里有广大校区、全国第一好空气
和 G 省新挖来的附中校长，领导你孩子的优质人生。
待就业博士想要毕业到头秃不已，要怎么告别
这身中文风骨，在理工科的经费项目里滑行，
直到成为一只待价而沽的鹤。他说二加三竞争副高
是为了延长你的研学青春期，你可以安安心心地
贡献出智力、水磨功和人文学的想象力。我在
想着自己明天的论文、明天的预答辩和明天的失忆。
人生，飘得太久了，就很难说服自己热爱命运了。
有一刻，宣讲教授说起自己廉租的海景房，说起
带学生走在新林荫道上的快乐，说起经费充足以及
超级计算机 available 和仪器要什么买什么的幸福，
可我还想否定些什么。最高的孤独是一个人住院，
是一个人成年从北飘到南而停不下来。他们，
新世纪年轻有为的学术人们会一直这样飘下去吗？
我多想被孩子耗尽而不是被差额竞争压垮，
多想在厨房煲鸡汤，和我爱的人一起浪费生命，
他们说会的会的，他们笑容可掬声称，在 G 省
留不在 Z 大的淘汰选手们也有光明的前途。
"你在敝校工作过，全省的学校会争着要你。"

多好啊，我仿佛才在理想的延长线上死过一次，
又来到失败者的收容所，一生是同种悲剧的赋格。

浏览学位论文数据库

真是春花春阳愁煞人啊！
蓝天的背景下，一部部智力的块根
凝结他们巨大而悲壮的青春。
对着电脑熬过两个冬天，
而文字的营造是多么可疑：
只有十年最高纯度的专业化，
才有后来完美的一小会儿，并获得
一个网页上的登记，一点套路
的吃惊：你真是难得的。

那片独自花开的人工湖里，锦鲤们
不是任何人的福分，鸳鸯的毛色
丰富于那些打印论文：从绿
到黄再到蓝，秩序规整的行业
可能也不是不想管理当下人类的难题。
社会学说话了吗？或者经济学？
公共卫生管理？人文学者
有无用之用和一颗澎湃的心，
博爱精神会拯救世界的，如果
别的不行。可这会儿你只是打开网页，

看春天多么美，青春的转化和固定

在这个制度里遗世独立了片刻。

成都一夜

——为失败的面试而作

天空寒冷潮湿，有大块凝结的玉，
在夜晚细雨会迷蒙所有的人际关系，
而你的反抗是一首诗，你背对大海
像背对一个诗人的抒情资格证。

经过疫情以后，灯红酒绿的繁华带
又要恢复。那些情人们接受过瞄准
进入百货商店。哎！活着在成都
是容易的随意的，只要不自我刁难。

可我体内黑夜化而为血，并不安分。
前年冬天，我到电影院看地球
最后的夜晚，我和我的恋人
都在梦里觅团圆，大白天全人类

也要互相伤害才过关啊。他们飞
在天上，飞过午夜的成都，互相爱
且供能，互相挥霍人生唯一的
一点值得，直到天亮排布了空心人。

这个月开头不大好，我上交论文
如上缴一年的学术欠费，以至交完
便塌了半壁江山，你们要的优秀
造就了我的一再败走，世界多挑剔，

励志剧演员一卸妆就要怀疑自己。
我的人设呢？赤裸着脆弱和真心的
天真与经验不可兼容的电子人
要怎么做梦呢？要怎么在梦中

被拥抱着浮过那些远山近水，痛苦
于自己尚还能痛苦？胆小的女生
躲避了近三十年人生的大舞台
就躲避了人生么？我多么想一跃

而起，去歌唱那些摧折了的芦苇们。
不是让暴风雨更猛烈就能解决
这一代代的受苦，一代代的平庸啊！
不是一根小小的倒刺翻出，就能痛

这个虚构的共同体啊！你是倒刺？
你需要效率之神、竞技与战争之神
的加冕吗？你左手撑开杞人的天
右手就书写你的受难，难道有

一个林黛玉，来为你流下共情的
知己的泪水？世间好物不坚牢，
我热情地浪费自己的美德，但人心
果真是一种叹为观止的损耗赛吗？

在对黑夜的肉身体会里，我徘徊着，
那些灯火一点一滴，难道不是为别人
的幸福而点起？而我暗中觊觎着
这样的人间奢侈，这样的反差

把我更永恒地固定在觊觎的位置，
啊！朋友们，如果有的话，我
已不再把光作为生命的日用品。
我有幽暗但容留的心地，我羡慕

我没有的那些名词，那些据说
是让人发光和健康的东西。瞧，
他是多么阳光，名词里的分野是
霸道，或许也公正？我没有的品质

保佑你们布尔乔亚的一生。夜里
有一切人，成都的夜是温和的，
成都的夜有我认识而不属于的人们。
那么多年以后，有的伤已不痛了，

或许是永远。我在电脑屏前打字，
晦暗的履历，梦中的片刻美满，
让我把世界之夜的故事用方言讲过，
成都风光淡泊，你会判它优秀否？

戒断课

早高峰，一连串导航的谜题
指导她穿过大半个成都。
心里来不及作痛，来不及漫步
细赏阴雨绵绵的 C 大校园，
她做足努力却照例只是勉强到达，
是从来如此一般的勉强。

遥望北京晕染出的烟火盛世，
冷酷似蚁穴定时折叠又展开。
她真委屈得想哭，为了不足道的
博士生必然要熬过的夜晚。
"这些年我也五讲四美，热衷
层层克扣的生活，人生放纵
也仅仅在于过度的咖啡。"
于是那些惩罚熙熙攘攘地到来，
心率过速和血糖复检，告诉她
人生不会放过你最小的弱点。

可如果没有这些我要怎么熬过
那全苦的黑暗？原来人生的豪迈
都是劳动密集型产业，必须

澎湃地写下文章如意义的认证，
知道活得值价，因此明天死去
也没有关系，我写过生的自白书。

车里《成都》的民谣唱错一座城，
小青年濡湿的感兴，怎么知道
这四十年间西部的爱恨情仇？
膨胀的高新区，泡沫的东城规划，
每天挤地铁到软件园写代码的
怎么就不是拥抱当代的过劳英雄？
而我只想今天在白纸上创造奇迹，
死去的明天有墓铭认证了意义。

青年人自己也不愿过分可怜，
解决方法是不是——戒断
生活的乐趣生活的成瘾？腹地
的人们无事就泡茶馆，火锅团建
是红火的明天预支到今天。北方
学院里的魏碑人格和劳碌命啊！
真想哭，想对着家乡痛痛地哭，
关于生的哑默和心碎和用力过度。

我多羡慕多病似林黛玉啊，
可那什么吐半口血看海棠的
社畜不敢。我也认真反省我的

过多的爱，过多的勤奋，不要
命的勤奋，在这里都是多么荒谬的
首都风格。一个年轻的孩子盘算
关于死的盘算。生命难道不能吗？
只有那些豪迈、勃发、伟大的瞬间？
无穷的远方和人们都和我有关。

她掐指一算，别的不行，至少家里
父亲母亲总不会跑的，这让人愧疚。
人大约都是因为爱他人爱工作
才把这碗苦酒喝干喝尽。明天是
今天的增生吗？那真是不可忍受，
她返回的时候在 C 校看蜀地学院，
荷塘静好让人也想在这里评职称了，
一种热烈的虚无主义教她戒糖，
戒咖啡，把没意思的意思过长久吧，
人生是那么鸡肋但活着总有想头的。

A Heart-breaking Day

她一整天看视频直到视线模糊，
一些欠缺彬彬有礼，纵使被虐
也不有辱斯文。四川盆地燠热
如上帝甩烫锅，谁来补完一下
我对美好生活的老规划，条条
大路通罗马，失败者和荣耀者
同在繁荣而危险的金光大道上。

她觉得学术生命在热烈地搏动，
她不想追究这是不是因为失败。
失败的，痛入骨髓的和辜负的，
告诉她普遍的世界之黑，是接
地气的开始吗？她因此更迷恋
辉煌的、濒死的、盛大的瞬间。
九零后学术人心因受虐而胀满。

从那些攻讦中我感到我的意义，
我的时光没有白费，我的道路
是我自己修造，工作让人自豪，
让人想要继续耗尽一生。孤绝
的坚定怎么就不是生命的幸福？

我的爱不可计量但我不爱生活，
除非生活是真的是过于艰难的。

因为把人生的罗盘四面八方地
对准过了，因为多年放弃选择
到头来终于逼出一个伟大选择。
她的世界远未展开，但未打开
的魔盒不就是甜蜜？无数否定
让她愿意去肯定它，人的道义
总是用功而懂的是怜小弱的啊。

爱的故事

这些年我始终受不了一些爱的故事。
比如被人虐残的母猫生下小猫，
看孩子们要被人领走，喂最后一次奶。
或者鸡妈妈的孩子们被分辨过公母，
小母鸡生而产蛋，小公鸡被绞碎加工。
其实你还知道那些不伤人不记仇的
牛妈妈羊妈妈也一样。归结起来
还是人类之恶。我们靠着人类之恶
活下去，统治下去，把浪漫的故事
说下去。年岁渐长，我更不接受
对猫狗太坏的人，和称呼猫狗为
幺儿幺女的人。我确实不知道如果
是弱者掌权，事情会不会换汤不换药。
我甚至接受人类的存活需要牺牲就像
生命需要食物链一样，但那些精致的、
机械的、制度般的杀戮除外。妈妈们
让我无法强硬或实用，我对自己说：
这些就是发生在星球上的、最不幸的、
爱的故事。那些挤在异味的小圈里
下蛋的小母鸡，一定不如自由的鸟雀
那样善于爱，无用而真情地爱。

那些接受层层考核筛选而成为精英的
少年们，又真的有美满的命途么？
妈妈，不该因为美或丑、聪明或愚钝
而挑选一个孩子吧？爱的故事里
不需要母以子贵的条件。虽然人类
已经很善于跟灵魂过不去，已经学会
估价一切产值，但那不是爱的故事。
在爱的故事里，牛妈妈也会流泪。
但爱的故事很少，在效率的后果里
是小牛小羊小少年建设失败的心。

即 景

"真的好可怜啊!"她想起来仿佛真会
心碎的一样,虽然每天苟全性命和愿景,
大家也都不过是这么过。手机里循环
王洛宾情歌,老派而喜庆,真挚而纯粹
的那些故事,要不要也吸一口当代空气?
她想练习翻滚的艺术,看到了温情,
不信任温情,离不开温情,她怀疑着、
翻滚着,渴望滚入一片海阔天空的弃权。

想起这些年滚滚的红尘滚滚的车轮
我就头痛,觉得脑力透支了心血,是有
那种鸟儿一般雀跃的时刻,但总敌不过
事后的反省,反省你的热烈心。智者
也只好说,那就沉潜再沉潜,在一片天地
熬过十个冬天,智识的资本原始积累
拒绝捷径才最保险。一代年轻的打工人,
心力已亏,智能犹存,他们攀援这世界

坚硬的逻辑线,想起六十年代的父辈们
自由发展的好时光,仿佛一位卡夫卡
看到了启蒙时代的人文之光,饱汉饿汉

宜辩证看。虽然个人奋斗精神可嘉，
但也要看到历史潮流沛然地向前。真痛
那些人文精神的敏感，痛出了神经质，
痛出了好名词。你要金融创新还是内卷？
广阔天地属于少数？其余是悲伤的吞咽。

她一生的愤怒

是她一生的愤怒，可并不足道。
她常常在手机上看那片园子，像所有人
一样，十年里并无虔诚地拍照和积存。
她身上还有一片海，这也并不足道。

在初夏的黎明前，她写诗，划掉
那些不利于与生活合作的词。她已经麻木
而且逃避问题，她已经足够神经质
到不愿意看见任何灰蒙蒙的不幸。

这些不幸天天发生，她努力活下来了，
活到今天，但感到愤怒。她不认为
万物皆可共情，但常常共情于人
且失望于人，我们能做的本来就少，

而我们还错失了关键的勇敢啊！
她看到黎明，听说黎明意味着奇迹，
意味着幸福，她盘算着也想诉肺腑。
这时她身上的海涌起了风暴，生命挣扎

刚好粉饰了海之渊吗？她只记得在北京，

一回回服药，昏睡不醒在各种地方，
没有一位神照看她，没有一位神
的威严是多余的，而她在那里是多余的。

后来她一点点长出换了代的灵魂，离开
那片乐园，用办公室生涯改造自我。
后来在一个傍晚她听说了另一个死。
她觉得一生的愤怒都在抗辩，但不是

同情的水泡们，而是她一生的愤怒啊。
在这个残忍的世界上，那些弱者
太脆弱，太不争，她想难道就不能起立
甩一个响当当的耳光给所谓命运？

但是不能，她和他们一样做不到。
她在初夏的街道上发议论，吐新槽，
知道晚上回家又是服药。你想过精神
的魅力从属于耐受能力？可风的呜呜

太拟人，让活下去的人走丢大半勇气。
世界从不缺献祭者，羊群里弱小的
比坏的要早完事。她从来不喜欢弱者啊！
她想用一生的愤怒炸开那些当代经营。

辑 五

天真的事

山　木

冬天的北京没有太多使我迷恋的，
大地白硬而且斑驳，昨日大雪纷纷
凉透热情人的肺腑，并稍后演变为浑浊。
我想大雪也是赠送给你的、热烈而严峻的
判断。我想这是一个窄门般的时期，
我伸手捞月的、寒热多于虚无的心脏
需要反复把你确认。满地的肮脏满天的白，
在远远的山和近处的湖上都能有什么呢？
我想山上有树木，无数尖锐的枝丫刺上去，
正像我爱你一样疼痛而过敏。山有木，
木有枝，古老的大地说一两个燕都笑话，
古人的心痛未必不是今人的心痛啊。

但我还坐在电脑前，喝茶打字如夜的器官，
也如长在湖畔的垂柳某天就要被人拔起，
面临衡估和移植。一个被羞于示人的孩子
小声哭着自己的无能，一个吟游者
被市场经济冷藏。现在有什么办法呢？
我坐进冬天等待认领命运。放眼望，
仍只有那些远山代表相对而言的坚牢啊，
在山间拆除通路以后，九百九十棵枯木

仍望眼欲穿地等。我们生命的联结
如何安顿于凯歌而虚无的年代？而劳动
真是用来诅咒世界的吗？我们认真地追究
是树的姿势，热烈着交错着而且刺痛着。

灼灼之花

必须用灼灼的花朵才能形容此刻。
灼灼的伤害，那些灼灼自甘的
绵绵无尽的债务，我还给你。

夏天的阳光焚烧我的郁结，并不是
想到一座校园太小，而江湖太大
就可以快乐地弃了你往乐处去。
你在千里之外的吉祥话隔空传送，
仿佛传送在新世纪的论语和孟子们，
为学日益为道日损啊！是不是真的
两个熟人也可以互换场地互相治疗。
是不是真的，航线轰鸣的时刻
我告别你，灼灼的痛苦开遍全身。

至爱只会把心烙得生疼，众人拾柴
是为了焚烧耶稣么？我对着人际关系
一扇扇或开或闭的幽晦门，恨着
这个卑鄙的世界，你能同意吗？
让我不要再做无辜的基督，让我的
命，承受那些人生比命更甜的东西，
让我从北到南好好爱你，追步你

如同一个圣徒追步正义。你很谦虚，
你还蕴藉着情意，让我感到这小世界
毕竟不是空的，是血肉的共同体啊！

亲爱的先生，看夏天的光彩多绚丽！
人生最美是觉悟的时刻，是清明
的理性代替人性浑浊而爱我们。
你是我的眼睛，我多么骄傲地佩戴
这眼睛，这灼灼的伤痛，这幸福
不能成立的年代。我们互相的教育
是你说的，我不会从灼灼之伤中
毕业，是你说的。永远新鲜的伤口
泪如泉涌的伤口，是谁的坚持吗？
我想更加成熟，在灼灼中立定。

散漫的时刻

她觉得总有一天她会慢慢适应这些。
可爱的一朵玫瑰花，塞蒂玛利亚，和
风俗里的恋人，从山坡滚下。
风俗里的爱恨都没有纵深，没有纵深
就没有忧愁，她多想住进一幅风俗画啊。
她在下午的饭厅里喝奶茶，想起
那些年轻的孩子，鸡血的或散漫的，
因为没有足够的经验也就没有成体系
的困扰，他们的烦恼升起来，飘过
呆板的校园景观，他们总有希望在于将来。
她多年身在其中，已不强求精神交流。

这或许又是一个错误吧，犯完了错
就再点咖啡、喜茶、烧仙草。
她觉得在甜腻的解忧水里泡着也是好的。
我爱世界，我本能地活下去，信赖下去，
依靠下去。一晃而过的都不是真的，
它们纵然是五彩、美丽、惊艳过黯淡的生活，
但她不再试图占有，像占有乌托邦的遗址。
我爱你，我爱你可是我什么都不再告诉，
我不需要你的爱，不需要一条路通向夜晚。

不能理解的时候她已学会不再执着，
咀嚼过一段经验就是幸福，为那些星辰
下辈子就不能再看到的。爱是贪生。

可爱的一朵玫瑰花，一朵
骄傲、速朽，而不在意其速朽的肤浅的花，
好过一切过于的深刻。她像吸氧
一样地嗅着人生但并不必然要有一个获得。
没有获得，现在没有，她知道人心惟危
道心惟微之类，但并不专心秉持什么。
我可爱的恋人划过天空，等于虚无，
我对他的热烈也就是宇宙的收支，
赊账是不必的，花不到点子上的钱币
却是必然。今天晚上请你渡河到我家吧，
趁琴弦调好、美酒在杯，我望你片刻也好。
每一朵花都有一个好名字，每一个芳名
都是浪费，可我爱你如夏日招展的枝梢，
在阳光下，没有虚妄，也没有寒凉。

伤心河

她也喜欢看美丽的女子。校园里路边上
挎着帆布书包，妆容并未过分精致，
但让人想起关于生活美好的一切，
挽着相思过的他，流连小猫的美。
但她在其中找不到自己，她仿佛
失明，这么多年透过他人的折镜看自我，
因此总不合时宜地自卑自负，抚育内心
脆弱而趋光的纳喀索斯。山口百惠
会需要一个中岛美雪吗？但她只是匆匆地
过其门而不入，回到自己密闭的暗室，
冲洗和解读片面的人性，并不真的笃信
自我是可以被爱和拯救的。多少年悲歌当泣地
倾出了河床，既然那个生活可疑的王也够了，
宣布了否决戏份，那她就是自己孤独的女王吧。
心脏强劲、不管不顾，也不在乎多少伤痕的
女人啊，不再仰仗示弱的女人，是解忧的
新自我吗？但他手里握有一面镜子，
她终生在其中沐浴和自照，已照出了悲哀的
河之心。这是多少次发生的故事，是过于
常见的、无谓的、她一生痛惜的故事。
美丽的天河把光明倾泻在我们眼中，

我们的灵魂都向往过又退却过，

这是世上仅有的、我们曾一致通过的记忆。

平庸颂

每天驴拉磨，驴也不知为什么，
她感到人生需要广大的睡眠。
今天她的窗外雾失楼台，好风景
迷离了人生的坐标，生出些小的欢喜。
她的生活总是平庸，今天平庸，
明天平庸，经文中的好句子她会念，
正心诚意去修齐治平一段日子
她也能干得勤勤恳恳，但好生活
嫁接不到那人性呛出的十四行诗
——是十四行行者的清泪吧？昏庸
于未来，她曾咏叹出黄河与长江。

美丽的故事发生在美丽的地方，
不是这里。她心里支持的东西已经不多，
她心里柔软的溃烂很成问题。
学习过麻木，就不纠缠来路，她想
勤劳的人际致富路未必就好走，
人际广大，对普度的菩萨也生出些敬意。
可谁来度我于沉埋？四面的灰土
创造了平庸的一代人。有不世出的天才
就有不世出的天才的消耗吗？她拿起

手机的姿势多像捕风，她写诗的
敲敲打打也像挥霍着什么。人生
需要许许多多真心，或许许多多真心
的浪费，她奉献给谁过的。

而地球狡猾地沉默。环球同此凉热
的那一天就真没有孤单了吗？
更可赞叹的平庸将以平庸爱每一个人。
拉平了人性的朋友圈是多么伟大的发明，
她在其中孤独、诉爱、呼求、雷同，
她感到她的人性真真实实地受挫
而又疯长，她无奈到后来就快乐了。
美丽的电子情人，温柔的虚构，
团圆的往日和明天，他满足这一切。
而她再也没有什么期待，如太多
爱的拉平，和爱最后的热寂状态。

仿《涉江采芙蓉》

此刻冬夜的树枝在墙上招摇。

我曾一点点把春天寄给你，
春天从挂号信中出来，从一些 e-mail
的附件中长高，春天终于落地，
成年。我从世上无数的坍塌中找路
去告诉你，这是道路的意义所在。

而道路上升，而大陆的板块漂移，
我今天宣布我是那么刻意地活下去，
像春天鲜红的旗帜一样活下去，
你在世界尽头的寒夜里能看见吗？

我们在一起的欢乐就像岁月，而岁月
从东到西，从大地蒸腾回太空。
此刻你仿佛正推开杯盏，在寂静的聚会上
轻轻笑着纠正谁的言重，谁必然言重。
那什么相思相望的、燃烧的、如泣如诉的

歌声，都不可追悔地靡费了吗？
我度过一生去采摘芙蓉。亲爱的先生

在冬夜，在无数影子背后，我无可捕捞
但祝愿你安好。你的心里多曲折，
你的心里也有那些用来数日子的沙。

天真的事

1

在北方的大花园里她才有童年。
至于四川阴霾、黯淡、温适的中学楼
和里面的故事，想起来是一种忍受。
那么多生命中的痛，生命中皮肤割开
划出尖锐、流血、决裂的口子，
她知道此地荒芜，也已领受荒芜的奇迹。

多年前她读波德莱尔，巴黎的
忧郁的阴天，大都会没有什么可以爱，
西部枢纽也一样。天上酸涩的
腐蚀了光明的雨露，让她终生埋头
去走远路。你要什么，你爱过什么，
你像斧头一样地判决过什么？
肯定不止于词的贫穷，但写下的傲慢

都还是天真的勤恳。北方的先生
撑一把伞庇护了她生命中敏感的光。
她易碎而已经破碎的部分，顺着光

呼吸和生长，那是她终生的童年，
是天真的时刻，多年后凝固成意义
却又过于重要了。她回到成都，

轻轻听雨水化开浓霾，世上的日照
却无可替补。在失去记忆的高新区
有宽阔、繁荣、摩登的大路，她称呼
这些茂盛的现代性为什么？她走
她不会记住的交通，她还等待着奇迹们。
奇迹是看不见的，但是如同化雪的
天气一样的刺痛，却痛回生机的土地。

2

要怎么称呼北方的一切？她决意
天真地经营所爱，只去拿捏生命中临时
而谋夺的部分。她觉得这样的灵魂
要少一些破损，但加入生命上进的洪流
冲决了新时代的早晨。哦多么猛烈
敲击我心房的命运啊，我爱一切真的

但是粗粝、陌生、需要吞咽的事物。
我爱我的源泉，这些年源泉自我疗救
而终于得救。我知道我不会死去了，
心的广袤和勇敢从一些重造中获得，

他们天真地哭泣过，呼求过，指认过，
觉得图书馆外白杨的高朗可以映照
很久的余生，而他们爱它，信任

这带来了奇迹的养育。我的布衣、
书卷、朗朗的乾坤，这些清洁的经验
在天山间照明，健康是因此而成立。
在新的人间，胶片卡住了十一年
的人间，恐惧已被坚定的心推倒，重建
的那些乌托邦，也更宏伟、更苦心啊。

3

临近春节的阳光洒在市民们中间，
他们戴着口罩又拉下，背篓里年货
永远是那样旧、那样俭省，但仍旧露出
笑容，让人感到节日的真实。我坐车
不曾加入但确实穿过这样的年底，
我想到北方，千山万水外可贵的人
让人是不能够不自强而且幸福的！

我们在职业的搅拌机里寻位置，他
有什么好消息吗？我写出报告书，
达成每一种生活用功的风度，这认真
是天真的别称，但这世界尚还值得

一个书生的恪尽职守，以及向上的
光明的心。诗歌的翎羽是那样光彩，

我记得梦中的手笔，教人在艰难的
城市里为爱而写，为世上属于春天的、
温柔的、脆弱的一切。春天的脆弱
和催动春天的必死之手，是多么壮丽
的事业，我热爱着星球上与限度有关
的奇迹们，心的造物可以那样的清白。

心里造一座曲折的庭院，安顿年岁里
轮到她的获得。你住进哪一面风光了呢？
天河在上，明亮地照耀我们的所爱，
这世界难道不是可痛惜的么？她停住
仰望那些救了她的事物，天真的
创造的手势，是向着无穷远方伸出的，
而她相信一个回答，构成呼求的意义。

关于人性的每一件事

一个太大的题目，她心里的马达驱动它，
关于人性的第一要义是一张门票
而他是门票。那个美少女骄傲地变装
或者是大女主的繁荣基业，多繁荣，
她无法代入这些祛魅以后的商业新神。

新妈妈们对照工具书自查育儿法，
那些人性的生长却在剧本的轨道以外。
她想她是轻松的，她尚不需要
为培植新的人性负一些责。而她的人性
如火苗向上卷，热烈伸展叩问不解的谜。

关于人性的每一件事，每一件都是
委曲、困顿、破裂，她想要登上演说台
却是向他一人陈述这些失败，她慷慨，
失败的时候总是慷慨，反正大陆漂移着
是时间不能愈合的；反正这么多无力、

这么多幻灭、这么多热情，她奏不出
什么高山流水的，但他也不是天上的人。
关于她的人性，她恐惧任何意义上的丑，

关于她的五味杂陈，他就给她五种自由。
这不是关于人性的一切，但这已经足够，

足够她活下去怀着神圣的心。关于人性
她总在说，他总在听，她因此欠他的
是太多了。很多年下来她终于看懂
人性的胜利不在于成为没有破绽的人类，
但关于人性的每一件事必然是爱的事情。

"我昔日冒死旅行"

从别人的诗里看来的，如果不是
那也过于贴切了。海水很远
山河间细小的通路或许都是死路
并且还要远。风很急，天很低，
大自然不足以添堵，我掂量自己的
感兴，一如拿捏着悲伤的剩余。
这条河会不会在某个传说里腾空
化龙而飞去，告诉我们天上的事情
不只是霓裳，而且有下降的尘霞？
他在天地间涌起，为此我还给古诗
一个迟来的工对，还一篇险韵
给离愁，给天涯的坡度，给镜中花。
个人史不足以解答，那么两人
互相对仗一片光阴可是迷宫之解？
他有黯淡、忽明、不可点题之双目，
永远游离河岸，做无涯之孤旅，
我已不可相劝、相关、以一座心斋
待爱而沽。人一定要走这条绝路
以让情怀永生于互为阻绝的大火吗？
大火从天而烧灼，宇宙伟大的意义
启发了人间枉费的栋梁材。他们

找不到补天的机会，他们就在人里找
一个另外的人，就在风中捕风。
"我昔日冒死旅行"，他们说，仿佛
这是真事情。他们把所有的过去
解释为序曲，而此刻别无正剧。
春天将匆匆地，替换成下一个春天，
今年的故事组装不进明年的心事，
人类史，如何这样少一页详密尾注，
他们凌空蹈虚的生生死死，或聚散
离合的碎片，将徜徉为天河之写。

蓝色下雪

1

在五月下雪，出于虚构，
枝枝脉脉的疼痛蔓延而无效，
阿司匹林不常吃，白色的口含片
那可疑的、深奥的甜啊。

在五月的夜晚，世界富裕、
旺盛，充满好意义。我不再使用第三人称
并以此逃避自我，和自我硬质的结。
远方没有意义，远方的运货火车
空空地滑行，他如果睡着
会美梦成真吗？海上
花开，海上花落，这一年年的
禀赋之美，用肉身承负了中产的快乐。

中产的快乐，先生啊，
我们在隔空的共存中挪不动任一枚空壳。
你能想象，在成都的大学里
楼房日益辉煌，布尔乔亚学堂的美

让乡下孩子失去乡下，让其他人
在小资的咖啡馆做小资的梦。
于连们攀爬而不得其门的时候
会有哪一位母亲感到心痛？而我掉出
这个队列，被收编到此地，
见证学术并不富丽的移植危机
终于由上进心的额度化解。
你在蓝色的大雪之夜
能听到成功学里人的深渊
在呼号、辩论、陷落的声响吗？

我爱的学院芟薙过杂草，我爱的人间
像草坪被园艺的妙手修理。
他们参差的爱和褶皱是
不该存在的，此刻，星星的注视下
竞赛的时代哺育自己的牺牲
用幸福的、微甜的奖励的汁水。

2

安睡，安睡，在梦被证伪以前
不要醒来，安睡者
梦见蓝色的大雪，梦见幽深的渊薮
没有辩证唯物的凯歌吹奏。

在见证他人青春的残酷和获得中
我感到自己并不是孤独的。
在那些年复一年的耽误常态里
我需要我的点睛笔。你，
你这蓝色的雪，你这寒冷的疏离
和疏离中隐痛的水分，让我一点点理出
我的道路、我的残局。今生的
大局已成吗？可面对那些竖起的
狭长的幕，我仍有太多穿刺的愿望。
仿佛撩起寒冷，他仍旧站在外面，在尽头。

尽头总有一个重大的人，在虚构
的高峰，总有一个我的血肉做成的人。
我的意义们围绕他，我的失望一点点安顿
在他周围，却不会否决他的秩序。
那不是一个女人爱她的恋人，
我已经渐老，衰弱，被太多的亏空
教会了阅历。但他骄傲地振翎的时分
我还有片刻的晴朗，只是片刻。

3

我的大雪一年有四个季节的份额，
我的眼里充满蓝色，它寒冷、耀眼、
鲜明地存在，是并不能用花朵否决的。

我的眼里已经装不下花朵，他温和
暖意的劝慰，是片刻的太阳，
对我太过耀眼。可我明明记得
我也是一个曾经发光的小小星球啊。

时间与时间之间是空虚的海，
那些日用的、职业的、考评的赛跑
不足以让人绝望。我热爱生活
里的每一分障碍，我终于一一度过
那些困难的群峰，将要告诉他人
我骄傲的一生。可爱的
玫瑰花，拥有尖锐的隐痛的刺；
他的温柔是更可爱的绽放
更尖锐的刺痛，也是我永远不能
完成的缺损吗？天幕崩坏，
江河倒悬，美丽的纪念总有尽头，
只有大雪无思无虑、尽职尽责，
覆盖每一片山峦、每一座皇宫。

轻轻飞走的时间里的燕子，
在花落的时候筑巢在我心里。那些
人间之美，让我安心而怅然。
我也曾是燕子，是花的落，
是春天想要筑巢的心吗？
蓝色的大雪无休无止，在雪崩的

暮春夜里，我是最骄傲的人。
我度过艰难而劳动的一生，
是不能被定义为失败的。明亮的
理解，在一片片雪花中，
在跋涉的行路中，舒展而且生长。
这无穷无尽的天空下，有同样
无穷无尽而饱满的路。

我们相爱的时候

不需要十分宏大的布景，只是我悄悄
在心里蹦跳了一下，当想起那个很好的人。
那些缤纷的音乐细细地流，我读张爱玲，
她形容说："心酸眼亮的某一刻。"

我们的心里装得下花果山，此刻丰富、
高产、慷慨的心啊，我们轻轻越过了反讽，
我们如今也写诗赞美正面的生活。
你爱我吗？让同心共感涌向最远的地方。

因此远方也就是近处，是无限开放的关联
所信赖和探索的。这些年字句间的推敲
也是爱人的眼睛温柔的雕凿，感谢你
足够耐心，足够善良，我凿刻出一个新我。

让那些花月山水都从镜子里出来，让心
收纳了一切，为文明又重建出一切。
在这本书前我要题"我为你记下流水账"，
哪个春日将漫漶天涯呢？你温柔的心之力。

辑 六

学堂歌

北大十年

1

这里是人生有分寸的优待。
十年以前，我不懂这些，
这辈子为了证明自己，
我拼命咽下那些条条框框，
荣耀于长久上进的年龄。

也荣耀于似乎曾相信
知识分子只要改造全世界，
就能改造知识分子自己。
为此，头脑里添砖加瓦，
在这里又习得文学的身世。

和幽灵较劲，情感过剩之家
人与人关联失败，多次悲观于
主义解决不了问题。那么
面对校园内外的泥泞风光，
悖论的胸怀也渴望兼容并包吗？

把鬼变成人的事业，跳动的
铁血豪情，是不能忘记的远方。
那些自啮其身的人，在没有
出口的自我中，要怎样活着？
爱他人，意味着忍受软肋。

2

在这里，我有太多的感情
要废止，要清理。在好人中间
孤独的人是可耻的。我的感情
比热爱家园要复杂一些。
时间纷扬，校歌催成落雪。

从什么时候开始，我的孤独
开始啃啮书桌，电脑上码起的字
可以称为诗歌吗？或者那只是
病痛的简历，记录我的残缺，
记录残缺者无法理清的向往。

要怎么才能活着？要怎么
才能爱并配得上爱？皓皓之白
是不对的，冷酷仙境的北京城
我们无法辨认每一节地铁上
有多少破产的光荣与梦想。

但秋天仍牵出了我的所爱。
生命的重新出发，这样的许诺
尚未被辜负。我面对镜子
辨认自己的乖张、琐碎与多疑。
我无法让你知道我那么多恐惧。

3

到了博士，校园神话的主角们
纷纷落地了，我接受这一切，
我甚至研究这一切。这座校园
赢得了梦想家们的爱，天真者
自己为自己的想象热泪满眶。

我也曾无知地作为其中一员，
我写作，我严肃地悲壮地解剖
刀刃向着自己。内在失败的人，
真正不能原谅的是自己的构造。
钟情完美，冬夜里阴影满地，

我要怎么说服自己我是能够的？
能够进入烟火人间，分享尘垢
而不觉得痛苦。我从事灵魂微雕，
而你们说收拾山河待百年约，

格局共识处多不过一场红楼飞雪。

我想我们只是不约而同地取用
这个名字和地点。年少都轻狂，
需要正心诚意，无用但重要，
为了获得美好生活的入场券吗？
我所知道的生活，是这里的十年。

尾　声

我知道美好在我们理解以前
就已在消散，我是伸手抓梦人。
但伟大的捕风也有浪漫之处，
我或许捕获了同类，用多年里
生命最丰美的部分，它们值得。

在这里有十年，年轮安睡，
或许我没有真正受辱于生活，
或许我依然葆有相信和温柔。
会从我们身上死亡的都是蝉蜕，
日历翻过，余生道路仍有星辉。

碧海青天

女生拿微信找一个可可爱爱 emoji，
男生抽烟吞吐文艺和满脸的聪明。
我们每个人在隐私地崩溃过后
都能当选优雅撤退的好青年。
像我，早早退到自嘲的壁垒后
仍服用到期不续的春花秋月。
亲爱的燕园啊，请教我学问
教我人生教我如何告别你才艺术，
舍不得这不够花的花花世界，
舍不得那些最新款的人性污点。

活着是多么幸福，至少还会难过。
也是本分人，这么多年勤勤恳恳
闹不清学问的分寸。忽然
有彗星的出现、狂风乍起，仰慕
奇迹的苦行人注定原地翻车，
用打油诗歌颂学术评议之暗面。
哎！人啊人，最切近的烦恼
是把诸神的意气变作夹板气。

未名湖如一面蒙尘的镜子，鉴照

今夏萧条的滚蛋大会。没有老师
教导学生未卜先知的知识，没有
一所校园会把北大风光复制粘贴。
你真的不想走，虽然你并不是
缺乏适者生存的热望和本能。
生科楼的瑞幸咖啡，一杯纳瑞冰
让夏天的痛苦可以忍受吗？在哪
我还能更安心？缺乏这种想象力。

在无边的大海上，液态的骚动
被月亮和地心拉扯。太平洋的热望
是没有休止的啊！最沉重的身体
却恋慕月宫的女人，翻涌的得不到
让人有绝望后的欣悦。"我多么爱
那澄蓝的天，那是浸透着阳光的海……"
歌声刹那胀满空间，她浑身绝望，
等绝望纷纷落下后却竟缀得更沉。

我真的没有不快乐，我强迫健全
于世界的弄权，我什么都不做
而得到一堆报错，据说是过于
笨蛋了啊。肥宅还刷 EVA 解忧吗？
了解文学以外更实践的人性吗？
攘外必先安内吗？合纵连横吗？
可我在一点点失去我爱的人们啊！

心里痛苦离开燕园什么都带不走。

不止一次想象别样的我，不要
学术着魔的我，不要绝对的爱情
只要一连串恋情，轻松的我，
容易的我，在稀泥里就和稀泥
的我。今天和昨天和明天一样糟！
嫦娥的沮丧是没有尽头的，永生是
没有尽头的，可惜我不能不爱！
在黑夜里，离散的人就彻夜不寐，
想海天互诉的谎话有那么多真情。

心的技艺

——给陈平原师

1

学习人类史，劳动创造价值，
不劳动的挥霍剩余价值，
这人人相争的区域也就一个球面，
这关乎我们尊严的逻辑，竟从来
比温良恭俭让要来得野蛮。

一所学院是脆弱的，但一所学院
却并不是虚伪的。那些繁星一般
做梦的知识，那些伤害了知识
的学院人，也是给出辩证的痛苦，
让我的骨骼在阵痛里往上长。

理想主义扬弃以后还是理想主义
是多么欣慰，这些年我也踮起脚，
有时稍稍超过文学文本的高度，
意识到广大的世界自有来路，
谁筑起学院之墙，墙外可并非

无关于墙内呀。五四的遗产、
战时向内地流亡的遗产、人心的
遗产，其实我们都可能是管家。
快乐过的是那些彻夜打字的人，
知道历史也有缪斯，知道终于有

某种劳动并不完全被剥削让渡。
"我完成我以完成你"，人与文章
互相成全的时刻，我感到的自豪
究竟是您所期待还是意料？但对我
人间奇迹在于用功，我低调辨认

并跋涉在崎岖而广大的风光里，
制度下仍有拍案惊奇的某一刻。

2

心的技艺是难的，修辞立诚的热烈
是多么微妙的财富。年轻学子
刚刚走过有惊有险的一段，她自问
明天将为人师但是否已有足够的
人间的知识？心的技艺果真是难的。

无限扩张的发达感性可以仰仗吗？

我即将从这座大花园里毕业，
爱和不爱都会毕业，它告别、凝固
在黑暗记忆的某一处，成为生命的
喑哑凭证。但我还想对着世界表白——

心的雕凿、心的涵容，这些修造
就是我在此地的斩获。一个凝定的
仍不失热度的自我，仍想度过一生
以幸福地度日合理地做人，克服
那些生命的渣滓。但从心所欲的

平易，仍是我的远方。我的老师
更了解生命的底牌，千锤百炼的
人文学心灵真的可以复乐园吗？
愤怒青年也觉得自己还没有学够，
对着学院，那些报销头绪那些难

而不够难的职业日常。在独木桥上
如履平地，在众人的大路上颠簸，
学习轻盈的艺术，学习承担的方法，
学到最后隐忍和吐纳，知道更真实
地关联，寻觅的心自会不计代价。

我想青春结业时可以心安理得些的，
心的锤炼因为一种教育而被信任着。

此间乐处

细雨梦回鸡塞远，小楼吹彻玉笙寒，多少泪珠何限恨，
倚栏杆。

　　——李璟

上了一天班，看到初冬的大街上
孩子们欢欢喜喜，有我无法共情的年轻
和人间凹凸的喜乐。我就想起巅顸的废帝
也那样诗意，说什么此间乐，不思蜀。
在蜀地的中心，我痛苦地想到远处
有一座学院，人们互相亏欠着聚拢，
付出的辛苦如学院人欠给国族的债务。
但为何国族只赊账于少数呢？你看那快乐
上班的程序员，耳机里放着川味 rap，
他亏欠过历史什么吗？我在地铁上
听广播科普一天坚果的合理摄入量，
真的好颓废啊。腹地的大人小人
善于遗忘，善于专注最自我最切近的
认真生活，他们在日用的细节里做梦
也那么痴心啊。天真冷，小楼上
乌云和阴雨顶替了笳吹弦诵，我的
戒断在此，关乎那些成瘾性大词，可心

仍旧作痛地感动，听到我的老师在说
一些过于重要的事物。我的老师很少，
我希望只懂得很少的道理，我最希望的
是道理不要打架，我能平安地存在下去。
可学问的歧路崎岖又迷人，那热心的担当
多紧迫，仿佛人迎向世界的一处命门。
打开手机看今年他们的系庆视频，想辨认
一些不知道什么。道理人人都懂一些，
人生登楼望断的时刻人人都有但不能太多。
多少同学少年风声雨声，我融入文明之心
是短暂又甜蜜。但聪明人和傻子和奴才
分享这个世界。认真悟到了去分析伟大，
他们成熟给理想描上人间的妆。是有伟人
扬弃了旧世界，我的改造又从哪开始？

大路之歌

我们沿着伏尔加河，对着太阳唱起歌。
——《伏尔加河纤夫曲》

我羡慕那些直率的愿望。
歌声是抒情的，歌声的浪涛
在演绎别样的生活。一群伏尔加河的
儿子，踏开往世界崎岖的路途，
那没有时间体会失败的总让人羡慕。

他们的健康里包括健康的贫穷，
他们的生计其实与太阳关系不大。
多年后，在内地的校属合唱班，
苏联悄悄地，藏在那些故事后面。
一座伟大废墟悄悄品尝老派的热烈。

俄罗斯的缪斯不值钱，太泛滥，
他们轻易地流光溢彩让世人震惊，
他们伟大的事业像伟大的一场梦，
理想有时是天赋，若不是这样，
黑夜怎能放过它一身爱好是天然。

在成都的旧公馆里人不这样生活。
腹地的学校养育腹地的才干，务实、
较量，和派性的纠纷。二十年代
本地学生不五四，走到北京看大世界
看赵家楼的火，和火焰温热的遗产。

也不忘饮一杯海上花间的酒，想到
人生如梦，国家务实，都不抒情，
所以要建设内地，也顺了将军心意。
我今天读史间歌，记得川西号子里
也有太阳出来喜洋洋，证明人性

或穷人性，有共同的乐天观吗？
伏尔加河出太阳，一个乌托邦此刻
收敛在历史的褶皱中，历史拙于遗忘。
而西南盆地的作风，闲情地把酒，
把烟，谈龙门阵，藏一个袍哥的盹。

我不能为人类做鉴定，但尚可能
做一个探问的读书人。成都的大路
平坦、泥泞，一路车轮遗落许多姓名。
岁月不居，太阳抽象，人们寻路远去，
谁不烂漫、花而不果，对太阳清嗓。

昆明复调

1

猝不及防或长期等候，这姑且不论，
我竟收到学术会议的入场券。在昆明，
云朵和林木一起茂盛，星星下的族裔
曾把一个大学故事说得多么动听。

我做过的学术，在梦醒处稿纸满天。
但昆明是特别的，那里有大片森林，
暗红的土地上碾过了学生的旅行团，
如今岁月又再次蒸馏过理想主义。

你是否还依旧感受到灵魂的贫困？
当春天和秋天经过你家园的时候。
你是否在师大、在早晨的幸福里
徘徊在大礼堂外那个小小的梅园？

我来自燕园往事，我擅长痴人说梦。
一首校歌被反复植入历史剧的高潮，
这算不算以己昏昏使人昭昭？我感动，

只因我认为，你属于我还能爱的世界。

2

在大礼堂中，一场发布式平稳展开。
南北学人、联大校友、学生合唱团
彼此甚为相得。大领导的谋篇布局，
针脚绵密，主持人嫁接着现场与远方。

在北大你不知道这些，晚熟的新生代
也只愿分辨学术里的是非。装聋作哑
的后果，是有人学会顾左右而言他，
有人只说"为天地立心，为生民立命"。

我的脑中，流氓鬼和绅士鬼已不再争辩。
他们坐进了大气候、小气候，都纷纷地
发现了自己的单纯。"忍过事堪喜"吗？
无人判决的人间，忍过现实微妙的冒犯。

但我没有忘记，只这一次我放任了尖锐，
因为这里曾是西南联大。虽然你知道
联大不是联大神话。但争辩者会说：
"本来我就爱人的神话胜过人本身。"

3

儿时你就来过云南，看到苍山洱海。
昆明是这样的城市，无数绿植茂腾腾，
可拼命生长图什么呢？春天弥留不去
图的又是什么？大地翠绿的外衣下

那些痛楚的丘壑、蜿蜒的根茎在说：
细读一棵树的所有绿叶不足以回答困惑，
性别和地位的辩证法又太千变万化，
那就埋住这些，深埋入扩张的胸襟吧。

不是吗？这所大学层叠的地层和年代
也正寂寞地埋住，只有想象中的飞行员
投合着时代的兴趣。学术人深掘资料，
可面对被保守的秘密，我们能做什么？

但看到昆明的阳光晒在身上，还会欢欣
到足以原谅所有我无能为力的。原谅了
自己的固执和固执的不彻底，递上来的
是新鲜的学术手工，一支秃笔太过有情。

迢迢长路联合大学

1

抒情的风琴不足以抵达你，
在历史反复的挫折中柳暗花明，
你的美属于那些后来者。

没有人在阳光下否认长途，
简单的是一条条高山大河如此坦白，
"去我最好的学校"，就穿过战火。

多年后，云南还在，地图上的这块
还叫作中国，你会不会自豪？
我知道你单纯，复杂的是后来人

给你涂色，把你反复雪藏又发掘。
请你别见怪，我也是这样的生非者，
但我爱你像一具神话的遗骸，

你不在我们中间，像幸福的人不该在
这大生产的学院、这当代丛林，

幸福的胸怀是你，白如纸明如镜。

2

学子们的乐土，多希望你无知一些。
当他们被你养大，如母亲养大幼子，
他们就走入历史，枝叶覆盖来踪。

我想象着他们怎样度过复杂的一生，
"还好我们的根源单纯"，他们会说，
"还好我们在西南联大目睹光明。"

今日的筵席上十倍地觥筹交错，
基督到了，座上会不会藏起了犹大，
或者仅仅是平庸之恶，枝繁叶茂？

研究者说，你的教员其实也钩心斗角，
不受欢迎的人被挤了开去。昆明城
也有学生半路出家，走私异国化妆品。

这些细节的褶皱，带着人性的气味。
我们慷慨是因为除了知识一无所有。
匮乏催出了富饶，这灵魂辩证法。

3

晴天里霹雳一响，
困难年代谁会选择朝闻夕死？
迢迢求知路，我向一种纯粹致意。

我知道你们穷困而弱小，在炸弹
下面传道受业。但你们从未觉得委屈，
你们想不到这个，破衣烂衫箪食瓢饮

就能让人快乐，你们这样缺乏失败感。
而今天的人们或许要得太多了些，
投入呼唤等量产出，我们不愿再冒险

从事优雅亏空的事业。如果侏儒林立，
我会想起联大，孤注一掷的学习者，
除了自强无物以报国，这是幸福。

耿耿不寐的夜，一起熬到曙天吧。
你清洁的肉身在书声琅琅里重现，
路途漫长，每一分记得都是祭奠。

沈从文写情书

又到沈从文写情书的时候了。
窗如镜，灯尚明，文学单身汉
刚刚打酒过湘西，出不了龙朱
就出一位虎雏，逸兴遄飞过了
却自愿钻牛角。你看他梦笔
生花夜，致乌云里的黑公主，
文学青年走险路，总把衷肠诉。

爱的事业能到几时？青年教师
在蛤蟆痴人堆里，能排几号呢？
可他会捶拳，痛哭，像小钢炉，
热情不会自己冷凝，在每日
的边角料里，他又开始写了。
多年后这一封封情书，在合肥
也在主妇的心上，都毁于战火。

小姐们看似豁达，但总是女人，
照例把文字看得太重，沈从文
血液里的发动机，在战天斗地，
从事热情的事业要全力以赴。
你越活越好，一步步向高处，

你会记得那青岛海滩，那黄裙
女郎，那远方的抽屉等小贝壳？

历史虚无主义是不对的，爱情
虚无主义更要不得。我要唱，
像鹰要飞、马要饮水，全草原
的新鲜汁水都在我眼中翻滚。
你爱我吗？她搂住两个儿子。
人有病天知否？朝闻夕死之际
人总要认屎于命运。那些鲜花

是一朵朵短命的墓碑，那爱人
的身影，耗尽耿耿星河到曙天。
其实沈从文情书，最美的一封
叫翠翠，"我已为你创造奇迹，
创造美。"美即是死，是例外，
是永恒。强韧的不是兴亡世变，
是那纸上楼阁，人间烟火伴随。

也说太太客厅

美的事物从来没能实现按需分配，
或许善也一样。我盘旋的思绪复杂化了，
悟到做人不做林徽因，是小小的遗憾。

多年前写过而没有彻底理解过的
是女人的掌纹，沙龙里谈吐生春的
客人们，轮替着熙攘的荣誉与笃实的工作。

她把周到的美还给宾客，把一坛山西醋
还给太太客厅的女观察家，不是按需
也是按劳分配的正道。让诗人写诗，

让追求者去东安市场争买新鲜苹果，
让智力在建筑图纸和山西的古庙之间
实现繁荣的知行合一，谁能更懂生活的浪漫？

女权是女人掌控有尊严的生命的权利吗？
我看到一个女人撑持着美丽的经营，
她赢取生活，留下传说。这宜室宜家的

女建筑学者，怎么就不是在厚德载物？

从小小幻想家长成多少男人女人的梦想，

所有如春蚕之倾吐，时间从不说破。

文学史里的女人们

我也不知道那里为什么要叫沙滩、叫红楼，
明白了不是沙滩排球或红楼梦，
我的想象力盘旋在林道静小家里的涮羊肉上。
如果不是除夕夜老佃农来找余家少爷，
这中国娜拉的日子又会过成怎样？

要进步，要革命，要争先进性的短与长，
这些上进心让我多么爱新时代的女人们，
都是起点太苦了，要从喜旺的家里走出来，
钢铁直女的心地又单纯又刻苦。

余永泽跟着胡适走，走进供负喧的园子
就好不知有汉，无论魏晋吗？我也想多多地
研究些问题，人权和女权，自由和忍受。
其实有谁真是活在故纸里的雕虫家？
夫妇间的政治称作人伦，儒家的肚子里
尚无经国齐家的万全策，但须臾日用
离不开新女性自强吐纳的笃实风。

在文学史的教材里翻一翻女性的命运，
那些爱的革命被推翻过又重建过。

可我年稚、不懂，所见者小，
看江玫在一本书里土改，在另一册里
她会暗暗地失悔吗？女人要什么？
对摩肩接踵的人群使出往幸福的洪荒力，
但抓住一位知心爱人太用劲了也会失败，
这个世纪不消化这样绝对的风格。

小确幸的世纪啊，林道静的理想里
还有卢嘉川吗？每一次伟大的才艺表演
都是独木桥，在烈火中永生，在湛蓝
的青天里遥遥相望。秋天清如水，
密密匝匝的战斗之上仍是离恨天吗？
据说都是质本洁来还洁去的骨肉，
在物竞天择没有完的日子里，
谁与天壤而同久？谁共三光而永光？

关于克里奥佩特拉

再多说一句就嫌感伤了，
我抬头努力看最远的地方。
真的，走这条路回家去，
可我不能这样一无所有回去。
所以在腊月，读克里奥佩特拉。

我的衣兜里缺少过冬用品，
也缺少防霾、防病毒、防人心
的一切新款武器。说批判的
武器不能代替武器的批判，
是什么意思呢？我在想。

美的字典里端坐着安东尼，
美的代言人克里奥佩特拉
也失望过吗？不会的，
她那么骄傲、那么挥洒、
那么富裕。请大人看看我们，

不是说贫穷矮小不美的
就不配生而为人吗？
人都是趋美如趋光的。

如果这样，我要做一个职业
的哭丧人，把天地间一切

正义的事业大包大揽。
女王和夜光杯，也有无奈
长夜，她终于启动美的死，
安东尼知道。可安东尼
知道吗？这多么短命的豪爽。

跋诗：我的心里突然有了许多力量

我的心里突然有了许多力量，
在渐渐落日的成都市区，虽然生活的想象力
终于高不过那层层叠叠的网：电力的、
人际的、经济的，但我已有决断。

孩子们在傍晚的塑胶跑道上训练自我，
在当代，他们是孩子。
许多花绽开在疫病边缘、核排放边缘
或战争边缘，在时代的不安里它们是花朵。

我心里再次不能不爱这一切生存者，
一些大词，被人轻蔑，但只有诚实的爱
可以成立一些大词。一些乌托邦
伟大、悲伤，它们把世界经营给一些善良。

善良是弱者的品德，善良多么接近于悲伤。
我在黄昏的窗前看川流不息的人和车，
要多么好的人们才经得起许多诉说？
我捧起灵魂，他未曾亏待，昨日已是宝藏。

图书在版编目（ＣＩＰ）数据

春的怀抱 / 康宇辰著. -- 武汉 ：长江文艺出版社，
2021.11

ISBN 978-7-5702-2423-4

Ⅰ. ①春… Ⅱ. ①康… Ⅲ. ①中国文学－当代文学－
作品综合集Ⅳ. ①I217.2

中国版本图书馆 CIP 数据核字(2021)第 201644 号

春的怀抱
CHUN DE HUAIBAO
_____

特约编辑：丁　鹏
责任编辑：朱　焱　　王成晨　　　　责任校对：毛　娟
封面设计：璞　间　　　　　　　　　责任印制：邱　莉　　王光兴
_____

出版：　长江出版传媒　　长江文艺出版社

地址：武汉市雄楚大街 268 号　　　　邮编：430070

发行：长江文艺出版社

http://www.cjlap.com

印刷：中印南方印刷有限公司
_____

开本：850 毫米×1168 毫米　　　1/32　　印张：5.25　　插页：4 页

版次：2021 年 11 第 1 版　　　　　2021 年 11 月第 1 次印刷

行数：3208 行
_____

定价：46.00 元
_____